KB064353

홀

홀

박지영 시집

개미

　세월이 묵어도 "의로운 자들이 제비뽑아 얻은 땅에는 악의 홀이 계속 머무르지 못하리〔라〕"하는 시편153편 3절의 말씀은 정언이다. 선을 행하는 이들의 압제에 대한 구속은 한시적이라고 할 수 있는 역사적 징표에 가깝다.

　시집 『홀(笏:scepter)』의 증보판을 세상에 보이게 된 것은 한 해에 '가지'와 '지팡이'를 잃어버린 파란의 그해 묵은 기억들이 27여 년에 이르기까지 아직도 새롭기 때문이다. 시(詩)가 살아온 날수보다 살아갈 날의 깊은 공명임을 알게 해준 신의 '섭리'와 같은 것이다.

　매년 봄물 같은 그리움을 품고 용담댐 인근 신정리를 향한다. 그때마다 곤고한 삶의 비늘처럼 흩어지는 벚꽃 길을 천륜이 구르는 것을 절감하며 떠올린다. 시집 『홀(笏:scepter)』로 인하여 서정은 찾아가는 것이 아니라 찾아오는 것임을 알게 한 귀한 시간이었다.

"비록 위대한 문장들이나 또한 생각은 느린 것이다"_유협

　시(詩)를 쓴다는 것은 나에게 천륜의 악몽을 잊게 하였다. 시집 한 권을 선보이는 데 17년이 걸렸고 증보하는 데까지 5년을 더하여 모두 22년이 걸렸다. 인생이 끝나기 전에 한 편의 시를 온전하게 완성한다면 지금 죽어도 여한이 없는 시절을 만났으니 "나는 행복하지 않는가"라고 되물으며 묵은 시집의 증보판에 대한 변명 아닌 변명을 하게 되었다.

　처음 초고의 해설을 써주신 이승하 교수님 그리고 증보판 해설을 써 주신 박재홍 시인은 담사지인(覃思之人) 하시고 정요기로(情饒岐路) 하셔서 독자 제현에게 읽고서 감재려후(鑒在慮后) 한 후에 자신의 삶에 대한 의구심에 연려방정(硏慮方定) 할 것 같다는 출판사의 의중이 있어 증보판에 박재홍 시인에게 해설을 의뢰한 것으로 알고 있다. 이는 나의 소략한 성정에 시농사의 방향성을 주신 것이라 여기며 더욱 정진할 뿐이다.

　시인의 말을 쓰는 중에도 나는 용담댐 인근의 신정리 딸의 무덤을 더듬고 있다.

2021년 11월
두심헌(斗心軒) 박지영

홀

차례

제3부

제1부

미늘

타버린 기름으로 떠돌기까지
온몸이 기억하는
인연의 타래 손톱을 세우고
문풍지처럼 긁고 있다
공중에 바람
시치미로
지나간 시간이라 규정하는
변명에
버마재비처럼 변하여
먹어치우고 싶은
오늘

유년의 인연이 지나쳤다

늘 그랬더라도 겪고 있다면 족하다
봉명동 앞에서 초로의 모습으로
지나치는 당신

잘 지나가기를, 원근이 사라진 내일이
신화 속의 바쿠스처럼
다가올 지라도

그 또한 지나갈지니
추운 겨울바람에
가슴을 추스르는 저녁

四季(사계)

살갗으로 차가운 통증이 스민다
선율 속 겨울은 춥기만 하고
깊은 허기는
건반처럼 명치를 누르고

걸리는 엉치뼈를 지나가는 시간
그냥 두기로 한다
한 계절이 흘러가는 것이니

自反(자반)

바다 향이 배인 살점 한 입
베어 물고 헐거운
유년의 기억이
눈에 들어오는 가시를
내어 놓는다

잇몸을 지그시 누르는 진솔한 거짓을
뱉듯이
부끄러운 오늘
가시가 되었다

洗心(세심)

땀 냄새 나는 하루를 털어
길가에 관리가 되지 않은 여름날
수목처럼 지쳐서

몸에 묻은 비겁한 수다를 데리고
유성구 봉명동
족욕장에 걸어 들어갔다

거품 속으로 감추고 센 물길과 바람으로
날려 버렸다

가을 어귀

흐르다 멎어 기대는 경계가
계절을 살아온 삶 같아서
지나치기 힘드네

이젠 편하게 쉬어가는구나

고추잠자리, 전신주에
통증도 없이 앉았다
버거운 하루가 지쳐서
꽃으로 앉아 있는
계룡 스파텔
앞

오늘은 제목이 없다

그로인해 '온당했음'이다

이해를 바랄 것은 기다림
계룡 스파텔 앞에
낙엽이
몸을 구르지 못하고
있다는 것을 안다

미리보기

컴 앞에서 물끄러미
깊은 신뢰로 문득문득
내가 아니라서 모르는 것들
그래서 상처가 되어버린
가슴앓이 먼지처럼 앉아서
부유물 가득한 모니터

달라져야 하는 이유는
서로를 위해
알아야 할 것 같다
편집 기능처럼
우선해서
당신을

임파첸스

미루지 않을 뿐
서두르는 것이 아니다

햇살,
졸린 한낮의 등을
두드려주던

심장,
다운로드 중

당간지주

침묵으로 지켜내야 하는 것들이 있습니다.

가만히 바라보며 기다려야 하는
상황이라고 해서
아무것도 하지 않는 것은 아닙니다.

보이지 않는 진실에 마음을 깨우며
신념으로 서로를 지켜주는 사람들

분명있습니다.

길을 묻다

목젖에 자갈이 걸린 것 같아
어렵게 물 한 모금 넘기고
가슴을 두드리는 사이
느닷없이 빙그르르
나비 한 마리
불빛 속에서 길을 잃어버리는 것이
보인다

'차라리 되레 묻지'

염색

미명에 그늘을 드리울 즘

세월의 반 검은 물을 들인다
스무 살, 출렁거리더니
반쪽의 눈에 물기가
가득한 것을 보면

거울 속에 엄마의 인생이 들어서 있다
찰라지만 '번득인다'
거울 안에서

새벽, 허기에 돌아눕다

종일 서둘렀던 발등을
주무르다
눈물,

내리긋는 현(絃)처럼
하루를 긋는다

간혹 신발 잃어버리는
꿈을 꾸는데

그런 날마다 소천한
어머니, 나비가 될 거라는
생각이 들었다

믿는다면

어긋날수록
마음을 스스로 가다듬고
"두어야 한다" 했다

길을 내는 동안
천천히,
바람을 밀치며 묵어가
함부로
울지 말 일이다

"믿는다면"

제2부

귀가를 기다리며

자식을 가슴에 묻으면
날마다 조여드는 심장이 아파 옵니다

몇 번을 두드리고 나서야 멈출 때,
그제야 가쁜 숨을 몰아 내쉽니다
4월을 하루 남겨 둔,
오늘도 비가 내렸습니다

"난 꿈이 있어, 꼭 해 보고 싶은 일이 있단 말이야
정말 죽기 싫다. 어른들이 볼까봐 욕은 못하겠고
아, 정말 죽기 싫다"라던 그 아이의 목소리

오늘따라 더욱 선명합니다
"미안하고, 미안합니다."
사랑한다는 말을 늦게 해서 미안해
밤바람에 안부를 묻습니다
팽목항 어귀에서

달빛의 반전

연분홍 꽃비늘 회색 하늘을 날고
지키지 못한 약속에 애끓는 눈물

얼룩져 흐르던 팽목항 나비들

4월은 잔인한 달

한 움큼 소금을 물고 있다
어미의 입술 안에는
꽃비처럼 허공을
날아 떠돈 지 1년
부르는 이름마다
미안한 시간들이 애달프고
자다가도 벌떡 일어나는
날 동안
미치지 않아야 하기에
살아 있는 이유로
바다 위를 떠도는
잔인한 4월

주차장 민들레

흐르고 지나가는 동안
따뜻한 볕 부드러운
바람 모아봐

이룬 터전이 뭐 별거야

— 밟지 마세요
— 잘 지나가 주세요

간혹 들리는
몇몇 애기똥풀 같은 소리가
들린다

지나치듯 일간지를 보는데 '남일' 같지 않네

"대환대출로 일단 원금상환을 하셔야 합니다."
담보의 130%를 설정한 후 갑과 을이 바뀌었다
절기가 바뀌듯, 안타까운 것은 매한가지
두려움은 사치라는 것을 알았다

라면을 끓였다 매콤한 게 정 떼어내는 듯하다
하루 종일 허기져 돌아다녔을 것을 생각하면
지면 하단에 광고가 들어오는 것은 당연한 일

세상은
제 몫을 정해놓지 않았다는 것을
알게 하는 것,

김치 한 첨을 고명처럼 얹으며 거짓말 같은
하루를 경험하는 것 타들어 간 눈같이
지나는 바람에 껌뻑이며
흘리는 눈물 같다는 것
남의 일이 아니라는 것 우리의 일이라는 것

아도니스

길섶, 그가 온전하게 내 안에 기거하거나
더 깊은 울음으로 외롭다고 한다면
그 마음을 경계할 것이다

신의 미혹함에 질투에 거함이니
분명, 사랑이 인과가 될 것이다

신화 속의 어설픈 선택이 하늘의 별자리가
되는 것처럼 행복하다면
한번쯤 바람을 힘껏 껴안은
어느 한 봄날
망초대가 되어서도 좋을 것이다

낙지의 하루

아차차 미끄러지고 말았다 주머니 안으로 살려 둔 카드
한 장이 말려 들어간다 아침이 저녁으로 쏠리듯이
몸의 균형을 잃고, 놀란 무릎을 세우는 사이
선뜻 뒤집어졌다 잠잠해졌다

눈길이 裸木(나목)에 머물고 찬바람에 얼굴을 씻기다
할인가 특판으로 생수 두 병, 큰애 컵라면
작은애 초코바에 얼굴이 어른거리고
돌아서기 전 시원하게 긁어진 카드
一刀必殺(일도필살)이다

문득 편의점을 나서는 길에

"엄마, 하늘이 커다란 비듬을 터는 것 같아요" 하던
짓궂은 아이의 얼굴이 공중에 그려지고
속이 데워지는 온기가
허기진 오늘에도 나를 부리는 주문이다

다 주었으면 비틀거릴 일이 아니다

소제동, 사랑이 낡아 닳을 때를 기해
남겨야 했다 환부에 바를 마음 한 점
입김, 손길을 통해 전해지던
불길 같던 눈은 내가 아니다
미련은 없다 자명한 사랑, 깍지 껴 매달리던
매화 멍울이 틔우지도 못하고 사그라져
단단한 침묵으로 허물어진 담장
이별의 징후는 코앞에서 쓸쓸히 웃는다
무안함은 서럽지도 못했다 신안동 길 건너면
대전역 뒤꼍 동광장 벤치에 초라해진 사랑을
널었다
두고두고 미안해 버려라 씨.

순천에서

가을,
햇살에 바스러지는데
벌교 소화다리 오후 세 시
바람,

쉬어 가다

약속, 중간지점에서

괜찮은 거죠
또박또박 살다보면
지나가는 거 맞죠
하루를
밖을 향하거나
기다리다
아이처럼
묻습니다
포복 중인
낙엽이 환하게
웃으며 바짝
엎드립니다

2월에 피는 매화

속정이야 다 그렇지요
홀딱 벗고 주어야
안 아프지요

오히려 아플까
고마운 눈길을

자리 내어
차곡차곡
담아 보내야지

홍매

명치끝 더운 불덩이에
온종일 시달렸다

속을 개워내면 마음이
나오려나 목젖은 따갑고

하다하다 이제는 "눈물을 막는다" 급기야
화두 꽃이 핀다
달빛 처연한 지리산 실상사 근처에서

瑞雪(서설)에 고양 발자국처럼
달마가 눈꺼풀을 자르던 천산, 피던
일지오엽처럼

유품을 태우며

2달러의 지전이 들어있던 바라보는 눈길 같은
빈 지갑 혹은 꽃처럼 하늘거리는 것을
수놓은 문양만 봐도 하냥 좋아하던 어머니의 진분홍
점퍼를 덧입고, 새벽을 밟으며 곱게 빛나던 어머니를
"떠나보내지 못했습니다"

이마 같은 번들거리는 천자락을 매만지다
불길을 열어 공중 길을 열어
"모십니다"

흔들릴 때마다 더딘 삼남매
억척스럽게 연단하시던 여린 당신
얼마나 무서웠을까요

이제야 하는 말이 "인생이 휘몰아 오는 삭풍에
무심하게 내어놓던 목숨"처럼
그때의 족적을 밟고 선 지금은
"죄송해요 잘못했어요 엄마"

담즙처럼 쓰린 말씀이
꼬박 샌 첫새벽
출근길 구두끈처럼 내 목을 조입니다
다시 한 번 모빌처럼
"감사합니다 살아온 날수만큼"

싱거운 봄의 왈츠

흔들리고 있는 것은 나다
꽃은, 일어서는 동안
단 한 마디도 하지
않았다 허공을 받쳐 들고

처진 눈 밑에 돌아서는
어깨를 흔드는 비겁이
심장을 패는 하루가
지나가고 있다

갑천가에 즐비한 가로등의
이른 점멸식 같다
작금의 나의 봄이 피식거리는 것을 보면

창과 방패

말,
지나가게 둘 것을

무심코 되뇌다

그동안
지리멸렬했다면

이별은
선물일 수도 있다

진눈깨비 내리는 날 꿩 우는데

뼈가 울어, 초입 겨울비가 진눈깨비가 되는 날
잔돌이 되어 박힌 채
모스 부호처럼 살아 있는
엉덩이를 치켜 올린 채
늘어진 다리를 세워 나서는 순간
멀쩡해지기로 한다

공중에 밟고 내려서는
그날이 오면 고단한 어깨를 털고
너의 곁으로 후련하게
날아 고개 깃에 얼굴을 묻고
팔 베고 누울 수 있을까

아이 발목이 곱다

양념마다 없는 기도를 알까
늦은 밤 찬거리 다듬으며

모로 선 마음 욕실 변기를 닦고
하루를 털듯 빨래를 넌다

쓰러지는 밤
잠든 아이 발목에 입을 맞추며
옆으로 눕다 창밖
별빛이 달다

제3부

미치게 보고 싶은 아침

하늘에 올라 물빛 구름 뚝 떼어
몸에 두르면
내가 보일까 너에게?

열병을 앓던 빗줄기는 자지러들
기미를 보이지 않고
물그림자로 서서

기다리다 보면 미치게 보고 싶은
너에게 내 몸이
바람을 타고 길게 몸을 뉘어
닿을 수 있을까 수양버들처럼
네게

나무, 능소에 바치는 미사

멍든 일과로 기울어 내려갔다 참 긴 하루
차창을 타고 오르는 능소화 한 송이
내 설움인 양
바퀴로 구르던 아침의 편자 태양은
시린 눈물에도 넘어지지 않으려
숨결을 고르고
내 가시 박힌 발끝을 어르던 기억

하나가 되기에 족하다

꿈, 달리다

같이 가자 이슬에 몸을 닦아
햇살 바른 고운 어깨

나란히
향기로 길을 낸
그 자리

마음 시린 기억
가라

멀리서 웃는
달의 후광처럼

예행연습

소리
지워내고
박힌 가시 같은 말에
떨 때마다

아픈 심장에
눌러 삭히는
기억이

눈물로 씻기고 염을 해야
잊는 연습은
더딘 시간 속에서
겨우 칠 할은 한
셈이다

잃어버린 시간 동안

빈자리
불러 앉힐 곳 없고

눈길,
마주 웃을 수 없는

꽃의 시공,

기다림이 당연한
"즉물"

보이더라도
침묵.

"감사합니다" 그리고 "미안합니다"

마주앉아, 반찬 올려 넣어줄 수 있어
'감사합니다'

다디단 숨결, 고단한 눈물 작은 손길, 이제는
큰 키 지친 몸
품어줄 줄도 아는 아이,

'안아줍니다'

덕분에 '2014년 어버이날'
고단한 하루,

'쉬어갑니다'
오늘 참
많이,
미안합니다

細雨(세우)

너를 깨울 수 있을까
햇살도
바람 따라 이끄는 너울도

그 무엇도 아니어서
미안해

거기
바로 누인 자리
어둡지 않고 따뜻하기를,

선 채, 벽에 꺾인 손가락
아프지 않게 해 주세요

보고 싶어도 깨우지
않을 테니
팽목항에 노랑나비로
살게 해주세요

바다를 비우고 해를 덮어 춥지 않도록 해 주세요

저리는 숨결
눈 감으면
목을 메우고
생생해지는 것을 어찌할까요

낙조로 흐르다
파도를 비워
터지도록 부르면
너울이 조금은 치맛단처럼
잔잔해질까요

얼굴 비벼 부둥켜안고
눈물을 삼키는 팽목항

만질 수 있을까요
공중에 리본으로 적힌
이름들을 다 안다고
싶은데

뒤척이는 새벽, 미안한 가슴앓이

며칠 전 이후로
입에서 고무냄새가 난다
울혈 때문일까
체증에 두드리다 힘에 부쳐
떨어뜨리는 손이 울고

찌르듯 시린 두 눈은
별빛을 밟으며
새벽으로 들어간다

문 밖 멀리

더 내어줄 것 없는 이의
재투성이 고백
"미안하다"

한수가 말했다 첫사랑 아니다

정태춘의 음악이 흐르는 봄비 얘기 수런거리는
꼬막 한 접시, 뜨거운 라면 후루룩 비우는
모인 얼굴이 서로 향해 웃는다

바보처럼

사랑은 단 한 번이라고
하루를 온통 언 두 발이
미안해한다

기다려 본 예전 그 청년은
아니어도 불혹을 넘긴 청년이
그 빗물 속에 여태껏
서 있다

구름이 삼킨 달을 찾다가

길을 모아 차오르면
어느 날에는
물길이 열린다

어느 날이건,
꽃처럼 웃는데 벙글거리고 섰는데
눈은 길을 열고 물안개를 맞는다

삽시도처럼 흩어졌다
먹빛 밤이,
웃는다

그러면 그가 온다

사랑의 裡面(이면)

언제든지 떠오르면 연락이 되는 사람이었다
한쪽 귀를 막고 고개를 숙이며
입술이 먼저 웃던 반가운 목소리
붉은 태양에 심장이 젖고
눈빛 말개지던 그때
바라보는 순간
눈앞의 먼지도 성가시던 날들
분명히 있었다

아까워서
아까워서
누가 보는 것도 듣는 것도 싫어
온몸으로 부둥켜안으면서도
외로 버려질까 두려워
이불을 물고 끅끅거렸다

싫겠지만
깊어갈수록 놓아야 할 것이 더 많아

그래야 예전처럼 안을 수 있다니까
낡은 한숨 감추느라
통증이 자라는 것도 몰랐다

소묘

깊은 허기로 뒤척이는 새벽
물을 끓이고 다시 컴을 켠다
비가 그치면 추워지겠지
저절로 몸이 떨려와
어깨를 부비고 가슴을 두드리다
지나간 하루가 새삼스러워
그냥 숨결처럼
흘러나오는 눈물을
막지 못했다

허기

보름날 온기를 비켜나다
시린 바람에 떨리는 꽃잎

젖은 이마를 흔들어
돌아선 등을 파고든다

이쯤 되면 평안하기를 바라며 그만
돌아서야 하나

사랑이
미끄러진다

梅花(매화)

부족한 사랑에 매달려 시간을 망각하는 중에
첫 마음을 잃어버렸다

잃어버린 것은 마음,
가로저어 막아도 흐름을
막을 수는 없어도
억새 몇 줄, 빈들에 회색 허공에
재티로 날리더라도
아직 남은 온기는
하룻밤,

볼멘소리 가슴을 채우고,
어쩌자고 저리
멍울로 살까

희망이 사는 것은 아프기 때문이다

기다렸지 하얗게 오른 정수리 가르맛길
검은 물들이는 손갈퀴
시린 마음의 분칠 같아

잠깐 놓치는 마음에 눈물이 뚝뚝 지는 사유는
걸린 것이 마음만은 아닐 터

달리는 일상의 길 허기져
지하로 흐르는 달빛 멈추자
더 빨라지고,
찬거리 모아 오다
늦어진 저녁상
뜨거운 국물 한술 뜨다

서러움에 쿨렁거리며 웃는 밤
약속이 하루를 넘기고 있다

기억하고 있을 뿐 미련이 아니다

이제 가라, 너
바람이 역으로 불던 오래전 그 밤

뒷걸음 지치며 웃던 안녕
좋아서, 그저 좋아서
너그럽고 여유로운 한때

눈이 먼저 웃던
여울진 기억의 수분
얼룩진 자리,

꽃 지는 중

나는 늘 사랑이 '우선'이었다

꽃분이 날았나? 코끝을 간질이는
바람이 달다

매화꽃 숨을 여는 2월이면
눈을 감아도 보이는 목소리

어디로 가든 같이 살아

어깨를 공중에 부리며
나란히 나서던
부지런한 발등 쓸어 위로하고
헤어지는 길, 당신
젖은 눈으로 웃었지

푸른 새벽
달빛에 몸을 씻고
엎드린 기도

"늘 , 당신이다"

寅時(인시)

머리를 숨기고 달아나는 자
사수로 섬기며
새벽을 잃던 그날들
더는 없기로 한다

夢中夢(몽중몽)

서늘해진 어깨를 떨며
끼적이듯 웃어버렸다
별빛이 차가운 것이
꼭
낮에 본
네 눈길 같아
머리 위로
이불을 끌어올려
숨을 모아
잠시 따뜻해지기로 한다

제4부

돌아오는 말마다 아프네요

그냥 알잖아요 그것이 뭐냐 하면 생일 때마다
'왜'라는 머금은 말보다 찬을 다듬고
고기를 볶고 미역국을 끓이던 '손길'

몸살을 앓고 있는 중입니다. 그것도 현재 진행형으로
아이들을 부산하게 깨우는 일상, 풍경, 마음

죽통 밥으로 쓰던 목기 같습니다
김이 서리다 물기가 사라지면
퍽퍽함이 드러나는

아니 긴 한숨의 길이만큼
더듬고 비비던 살갗의 온기가
만져지다가 지워지듯이

쉽지 않습니다. 내 새끼라서
그런가 봅니다 잊으라는 말마다
아프네요.

아다다

눈길 위로 그 여자, 그믐 어수룩하게 꽃
깨우는 밤이 점점이
일어서 花點(화점)이 되어서 공중을 밟고서는
축복인가

가슴을 억누르는 실체 입보다 손이 먼저
그리는 天元(천원)을 향한 변화의 첨

*花點(화점)은 바둑용어의 하나로, 바둑판 위의 특정한 위치를 가리킨
다. 화점이란 이름은 옛 바둑판에서 화점자리를 꽃문양으로 표기한데
서 비롯된다.
*火點(화점) : 발화점의 준말

불 켜진 새벽

잠든 숨결이 달아서
이마에 입을 맞추자
아이가 돌아눕는다

귓가로 미안한 눈물 한 점 내려간다

터전으로 알았던 양전리는 가지 않겠다

욕지기 나오는 시간들은 스물세 번의 자맥질을
사계절을 두고 지나온 것같이

베인 살, 염증이 터진 듯 쓰라리다

머리에 끼얹은 물은 시린 바닥을 닦고
타오르지 않도록 몸을 추스르며 엎드린
일상에서

'사랑, 재갈을 물렸다'

홀

1

1997year.AM 08:15 ~ PM 21:50 경기 6회 / 물리
치료 시간은 오전과 오후로 나뉜다

흑두루미 한 마리 내려왔다 방울 소리에 구름은 따라
내려오는 법

2

경기를 할 때 '그으'하며 숨을 몰아 쉴 때도 있다 주변
의 물건들을 만지작 거리거나

더듬는 것을 즐긴다 엄마의 목소리에 또는 음악 소리
에 반응이

'즉각적임'이라고 적었다 그후 초점 맞추기 물끄러미
바라보는 시선을

맞추기도 한다

3

묵은 세월의 긴 슬픔이 자라 갈대 빛이 되어 골목에 시
린 겨울 저녁

노을에 젖어 금빛 별이 되기까지 2016년 아이의 무덤
에 가보질 못했다

4

엄마의 반응을 따라하던 너처럼 산빛은 늘 그러하다
강을 가르고 지났으니

흔적이 없고, 지금 광화문에서는 너만한 아이들과 너
의 두 동생처럼 그만한 아이들이

축제처럼 세상을 바꾸고 싶어한다

5

하루가 저무나 해가 저무나 신탁은 늘 뜻대로 되지 않
는다 너와 나의 인연이 그러하였고

열지 않는 내일이 그러하니 해가 저무는 오늘이 허전
하지 않다 '홀'은 늘 그러하니까

이중구조

바라는 것과 바

라지 않는 것들이 연과 행을

잊는다

쓰라린 가슴이 먹먹할 무렵

통점마다 바늘로 수를 놓듯이

마름질을 하면

잊힐까

계룡 스파텔 담벼락 철제장식물 나비가

풀잎 속으로 숨으며

숨결이 번진다

호랑나비

몸을 부렸나 보다 벼랑 위에서
발치 끝에 살포시 내려앉은
호접

저승 이야기를 이승에서 듣는데

남은 인연, 여물었는지 驛舍(역사) 앞
화단에 맺힌 풀씨를 밟고 섰네

종이접기

휠체어를 탄 들꽃을 보았다
스물두 살, 두 바퀴에 자신을 실어
내어딛는 것이 봄
햇살 같다

기도처럼 접힌 작품들이
흰 벽에 선연한데

들어서는 아빠와 친구들을 향해
팔을 활짝 껴안듯 펼치는 것이

가족이 희망이었나 봅니다

인공의 꽃들에게

계룡 스파텔 옆 산책로에 귀한 마음을 내어주신
모든 분들께 깊은 감사를 드립니다.

참석하신 꽃들 한 분 한 분 다 떠올리면서
그날의 눈길을 열어 마주하면서
풀썩이는 마른 흙먼지처럼 웃으며
마음에 닿은 여운에 유튜브를
열고 있습니다

'나 사실 클래식 엄청 좋아해' 하던
바람의 말에 귀를 기울이며
버튼을 누르는 손가락에 벌써
잔 떨림이 이는 것은 당신입니까?

하안거

마당 쓸던 동자승
큰스님 보더니

쪽지 하나를 건네고는
줄행랑,

글이 들리는 날
'봐주세요'

중언부언하는 선량함이
'이유 있어' 보여,

침묵과 경계 중에
오해로
깨우지 않기를
합장

팽목항 찾다 못 찾고

숲에 깃든 새소리는
가늠되지 않는
계절에 따라 다르다

믿는다면 순순히 무심한 듯 그렇게
두어야 하는데,

만신의 몸처럼 화를 내고 있다
'갑오년 세월호'

동티나려나?

성장통

미용실 바닥을 뒹구는 머리카락
자르는 내내 거울을 빗겨간 시선에 선명해진
아이의 얼굴을 흐뭇하게, 한 번 더 보는 순간
주책없이 눈물이 떨어집니다

실겁게 실실 웃음을 쪼개며 다가서더니
와락 껴안은 품이 제법
웃자랐습니다 통증 없이.

모성애

바람만 닿아도 등이 아픈 날이 있다

'언제 와요' 라는 아이의 목소리
빗속에
파르르 떠는 늦된 나비 같아
허벅지에 힘을 다해
새벽을 밟던
길,

심장이 아리다

되돌아
신호대기 중

온천역 7번 출구

121번 버스를 놓쳤습니다 우산 안으로 물 젖은 바람이
소란스러운 인사를 건넵니다

풍경처럼 고즈넉한 발길을 옮깁니다. 아차,
화장을 하다 묻은 커피 얼룩도 발견했습니다.

지금부터는 스스로의 허물에 쫓기는 중
출근은 그러합니다

사모곡

아침에 버스를 기다리다 미친년처럼 웃고서
불현듯 달려오는 버스를 놓치기로 결정했습니다

왜냐고요?

얼마 남지 않은 잔금을 털어 생전에 친정어머니가
좋아하시던 생도넛을 사서
하루 종일 오물거리고 싶어졌거든요

체크카드

살포시 웃습니다 잔액 21,800원에
우리집 곰 같은 큰딸이
고기를 원하고 있습니다.

계란과 두부, 매운 라면 한 봉지
할인 중인 휴지 묶음
일단 카트에 담고서, 딸의
얼굴을 쳐다봅니다.

식빵도 들었다 놓고 말았습니다.
먹먹함이 짙어지면 가슴이
딱딱한 멍울져 숨길을 막지만
다행입니다.

마술처럼 마늘과 양파가 고기를 설득해
한주의 근력을 감사하게 지켜줄 것이라
믿습니다. 아직 잔액?

'넉넉합니다.'

.

배롱나무

나무에 살짝 걸친 발목이
두근거리며 쳐다보게 하는데

담장에 닿은 시선에 순한 눈
반짝이는 것이
읍내 가는 촌색시 입술 같다

서툴게 멍울진 것이
봄이네

무당벌레

만선을 타기를 기원하는 두려운 인사를 붓는다
태양을 가르는 방울과 칼춤 그리고 느릿한
정오의 소의 눈, 이대로 작두에서 내려서라

몸의 반추상의 기하학 무늬가 선명한 만신이여

하얀 노을

늦도록 서성거리던 물빛은
그예 하얀 노을이 되었다

돌아가
젖은 등 뉘자
심장 안으로 번지는
눈물

기억은 깨우지 않기로 했다

박지영 시집 『홀(a sceptre)』에 관한 발원

박재홍 | 시인 · 문학마당 주간

박지영 시집 『홀(a sceptre)』에 관한 발원

박재홍 | 시인 · 문학마당 주간

박지영 시집 『홀(a sceptre)』에서 '홀'은 지체(肢體)나 생명을 지탱해 주는(a staff: figuratively a support of life) 간절함으로 깃들어 있었다. 무릇 모든 인과의 시작은 원인에서 발원하여 생긴다는 진리에서 비롯되어 가족사와 개인사의 근간을 두었다는데 의심의 여지가 없다.

건네준 몇 권의 자필로 쓴 대학노트에 생존 시 딸에 관한 병상일지 그리고 같은 해 소천한 어머니에 관한 일상의 궤적을 꾹꾹 눌린 서정을 만났고 수년에 걸쳐 복령처럼 묵은 살아온 날수와 살아갈 날수만큼의 인생의 기슭을 소요유하게 되었다.

1. 살아남은 자의 슬픔에 관한 서사

박지영 시인의 시(詩)의 서사가 인연의 업장에서 발화하였다는 것을 전제로 시인의 순탄치 않은 인생의 궤적에도 불구하고 경험에서 싹을 틔운 시농사에서 빚어진 승화된 문학적 심성이 돋보이고 있었다.

특히 장애인에 대한 제도적이고 관습적인 차별과 왜곡된 세상에서, 장애인 문화 운동이라는 실천적이고 거시적 삶에 대한 시작업(詩作業)은 그동안 간과되어 왔던 장애 인문학의 역사성에 기인하였다.

그에 따른 시의 구조적 촘촘함과 서정성에서 비롯된 서사가 현실적 위로와 감흥을 주어 장애인과 비장애인 등 노마드 시대의 새로운 가족관계를 위한 인식개선에 기여할 수 있는 승화된 작품성을 드러내고 있는 수범적 (垂範的) 모습을 보여주고 있다.

　　타버린 기름으로 떠돌기까지
　　온몸이 기억하는
　　인연의 타래 손톱을 세우고
　　문풍지처럼 긁고 있다
　　공중에 바람

시치미로

지나간 시간이라 규정하는

변명에

버마재비처럼 변하여

먹어치우고 싶은

오늘

— 「미늘」 전문

　인간에게 주어진 시간은 유한하다. 그에 따른 인연의
곤고함은 시간 속에서 타버린 기름으로 떠돌지라도 온몸
이 기억하는 것이기에 오늘의 '미늘'이 인드라망이라고
할 수 있다.

　시인에게 있어서 삶이 물고기가 미끼를 물었을 때처럼
빠져나가지 못하도록 안쪽에서 걸어주는 '미늘'에 걸린
인생이라면 그 현실에 장애가 있는 딸과의 인연에서 발
화된 업장을 작품의 곳곳에 순응하는 수용적 자세를 취
하고 있다.

　그런면에서 박지영 시인은 시작업을 통해 삶 속에서
특히 사랑에 관한 이면의 잔인한 속성을 보았는지도 모
른다. 시를 포기하고 돌아서지 못하는 시인의 숙명을 타
고난 것처럼 말이다.

컴 앞에서 물끄러미

깊은 신뢰로 문득문득

내가 아니라서 모르는 것들

그래서 상처가 되어버린

가슴앓이 먼지처럼 앉아서

부유물 가득한 모니터

달라져야 하는 이유는

서로를 위해

알아야 할 것 같다

편집 기능처럼

우선해서

당신을

―「미리보기」전문

　한 편의 시 속에서 드러난 아이의 병증에 호전을 바라
며 '컴' 앞에서 물끄러미 다양한 정보를 찾는다. 이미 부
부가 우정이 되어버린 상황에서 달라져야 하는 이유도
잘 드러난다. 편집 기능이라도 있으면 편집하고 싶은 형
벌 같은 오늘인지도 모를 그 막막한 새벽을 한 편의 시로
시적화자의 현실을 극명하게 잘 보여주고 있다.

　그동안 서양문화의 뿌리에 잔존하고 있는 합리적 사고

즉 자신의 삶은 자신이 결정한다는 원리가 팽배해져 있었다. 예를 들자면 의료분야에서의 환자의 자기 결정권은 의료 윤리와 의료법이 관련된 법리 분쟁에서의 핵심적 요소로 자리 잡았다.

최근 우리나라에서도 이런 자기 결정권에 관한 무의미한 연명치료에 대해 윤리적 법적 논쟁이 가속화되었다.

이러한 사회적 측면에서 가족 중심의 결정보다는 환자 개개인의 생태적 환경에 관련한 선택의 비중을 반영했을 때의 모습을 일관되게 작품 속에서 구체적으로 드러낸다는 점이다. 비단 박지영 시인뿐만 아니라 많은 장애아(障碍兒)를 가진 부모의 마음이 아이보다 하루 늦게 세상을 등지고 싶다는 바람으로 살아가고 있다.

시적 화자를 통해 장애에 대한 인식이 잘못되었다는 것을 직설적으로 구체화하고 있다. 또, 그 깨달음에 대한 인식은 실존적 자신의 통점의 이면이 스스로가 아닌 장애로 고통받아 온 아이에게 연명치료 과정마저 겪게 했던 현실에서 아이의 소천으로 더 이상 통증에 시달리지 않게 되어 '감사하다'라고 고백하기까지의 여정을 통해 시인은 시적 화자의 담백한 직설적 화법을 통해 내어주며 독자에게는 순화된 서정을 공감하여 고개를 주억거리게 하고 있었다.

침묵으로 지켜내야 하는 것들이 있습니다.

가만히 바라보며 기다려야 하는
상황이라고 해서
아무것도 하지 않는 것은 아닙니다.

보이지 않는 진실에 마음을 깨우며
신념으로 서로를 지켜주는 사람들

분명있습니다.

—「당간지주」전문

환자의 자기 결정권은 의사를 표명하거나 굳이 말할
필요는 없다. 또 제공되는 의료행위나 의료정보에 관련
한 이해도 있어야 한다. 치료 중에 나타날 수 있는 부작
용이나 합병증에 대한 이해와 거부 또는 동의를 표시해
야 한다. 그것은 인간에 대한 예의일지도 모른다.

그런데도 딸은 인지할 수 없는 중증장애인이었다. 하
지만 어머니는 간암 말기 환자로 합리적인 생각과 비교
평가의 능력이 가능했고, 이에 연명치료를 선택하여 중

환자실에서 요양병원을 가시기 위해 사인한 그날 소천하셨다고 한다.

어쩌면 시인은 신의 잔인한 이면의 모습을 이런 경험에 비추어 사회 전반적으로 장애인 가족뿐만 아니라 비장애인 사회구성원에 대한 인식의 변화가 필요하다는 시대적 합목적성을 역설적으로 요구하는지도 모른다.

목젖에 자갈이 걸린 것 같아
어렵게 물 한 모금 넘기고
가슴을 두드리는 사이
느닷없이 빙그르르
나비 한 마리
불빛 속에서 길을 잃어버리는 것이
보인다

'차라리 되레 묻지'

—「길을 묻다」 전문

인간은 질문과 답을 타고 난다고 본다면 이 한 편의 시는 한 곡의 왈츠의 선율이 느껴지는 서정을 드러내는 수작이다. 이야기의 주 내용은 딸의 무덤을 찾아가는 풍경이다. 벚꽃 흐드러지게 피어나는 용담댐 인근의 신정리를 찾아가는 동안 벚꽃 비가 내리는 풍광을 만난다.

 딸의 무덤을 찾아가는 내내 가슴을 두드리고 먹먹함을
달래며 밤새 한잠도 못 자고 다다른 살아온 인생이면서
도 나비 한 마리가 선몽처럼 나타나 위안을 주는 대목에
신에게 묻는다.

 고즈넉하게 되묻듯이 '차라리 되레 묻지' '아림이니?'
라고 묻는다. 신은 이 한 편의 시를 통해 살아남은 자의
서사가 이승과 저승을 잇고 있었고 풍장 치른 뼈가 퉁소
가 되어 우는 것처럼 간절하게 실체를 드러낸다.

    마주앉아, 반찬 올려 넣어줄 수 있어
     '감사합니다'

    다디단 숨결, 고단한 눈물 작은 손길, 이제는
    큰 키 지친 몸
    품어줄 줄도 아는 아이,

     '안아줍니다'

    덕분에 '2014년 어버이날'
    고단한 하루,

'쉬어갑니다'

오늘 참

많이,

미안합니다

— 「"감사합니다" 그리고 "미안합니다"」 전문

오늘날 해체된 가족들의 모습을 반영하는 시다. 가정
이 해체되어 아이 둘을 키우고 떠나간 아이를 떠올리며
슬하의 남매와 지내는 중에 새벽에 잠든 아이들의 볼을
쓸며 어버이날에 쓴 애잔함이 묻어나는 한 편의 시다.

시적 화자의 인연이 준 지옥도를 담담하게 그리고 있
다. 하루치의 노동을 직설적인 화법으로 그려내며 묻고
있었다. 과연 시인에게 있어 시는 어둑한 새벽 산에서 내
려오는 목어를 만나듯이 詩(시)는 긍휼한가 아니면 잔인
한가 라고 되묻고 있었다.

2. 묵은 슬픔이 발화되어 틔운 서정

박지영 시인의 시에서 나타나는 편벽된 마음의 애착은
세속적이고 악한 현상적 자애심으로 규정해도 좋을 듯싶
다. 시인의 서정을 통해 간구하고 있는 원만한 자애심 혹

은 보살심이 많은 장애와 비장애의 뭇 대중을 향한 사랑과 안락함을 주는 대전제의 일각(一覺)처럼 시집 『홀』은 잘 빚어져 있다.

현 사회의 질곡의 문제점과 대안을 동시에 드러내는 장애인에 관련된 문학적 성취를 드러내고 있다. 장애인을 대하는 국가적 사고의 절대화 또는 수용성에 기반을 둔 장애인의 사회적 다양성을 잘 인식한 풍자와 해학이 아닌 경험에 비추어 직설적 화법의 작품성을 드러내고 있다.

시민의식의 굴절된 사고와 사회에 팽배한 장애인을 대하는 인식 자체에 대한 사회적 함의의 해체가 필요한 시점이라고 말한다.

그러면서 장애인의 병증에 관련한 혹은 사회적 부조의 '자기 의사결정권'이 필요하다고 강변한다. 이는 역설적인 대안 제시다. 장애인의 권익과 생산성을 우위에 놓는 국민의 주체적 사고의 실현이 절실하게 필요한 시점이 되었다는 선언에 가깝다. 그만큼 간절한 것이다.

종일 서둘렀던 발등을
주무르다

눈물,

내리긋는 현(絃)처럼
하루를 긋는다

간혹 신발 잃어버리는
꿈을 꾸는데

그런 날마다 소천한
어머니, 나비가 될 거라는
생각이 들었다

—「새벽, 허기에 돌아눕다」 전문

만물은 부모 없는 자식이 없다. 세속적으로는 부모와 자식 사이, 남과 여, 친구와의 우정이 곧 사랑하는 마음이라 보고 이를 중요하게 여긴다. 그러나 이것은 생로병사(生老病死)의 윤회 속 사랑에 불과함을 여러 경(經)을 통해서 만날 수 있다. 그뿐만 아니라 아래의 시를 통해서도 잘 드러나는데 시인의 체득된 실천적 깨달음이 작품 속 구조에서도 잘 드러난다. 애틋함이 묻어나는 선시같은 풍광이다.

연분홍 꽃비늘 회색 하늘을 날고

지키지 못한 약속에 애끓는 눈물

얼룩져 흐르던 팽목항 나비들

—「달빛의 반전」 전문

경험이 빚어낸 신념에서 우러나는 혁명은 성공적이다. 박지영 시인의 이러한 경험으로 인하여 더욱 높은 사랑의 진리를 향하여 전진하고 있는지도 모른다.

그것은 일체의 대중에 대해 장애인과 비장애인을 평등하게 사랑하는 자애심의 발로인 시작업으로 꿈을 통해 나비의 실존적 모습을 드러내는 이승과 저승을 잇고 있었다. 박지영 시에서 나타나는 서사적 특징은 사실주의적이고 생태주의적 시(詩) 방식을 실험적으로 선택했다는 사실에 있다.

한 움큼 소금을 물고 있다
어미의 입술 안에는
꽃비처럼 허공을
날아 떠돈 지 1년
부르는 이름마다
미안한 시간들이 애달프고
자다가도 벌떡 일어나는

날 동안

미치지 않아야 하기에

살아 있는 이유로

바다 위를 떠도는

잔인한 4월

         —「4월은 잔인한 달」 전문

열반경에서 말하는 "무연자(無緣慈)란 보통 사람의 자애심과 성인의 자애심을 버리고 보살의 무연자를 얻는다"라고 규정하고 있다. 근본적인 욕구나 욕망에서 발현된 자애심으로 실체는 탐·진·치를 벗어나지 못한다는 열반경의 내용을 굳이 인용하지 않아도 작품 속에서 알 수 있는 모습이 곳곳에 산재하고 있다.

한 편의 시에 녹아 있는 아이의 죽음을 자책하는 모성애로 팽목항에 가라앉은 세월호 아이들의 부모들을 향한 사회적 통점을 같이 느끼고 있다.

개인이 사회구성원들과 연대하는 자애심은 박지영 시인의 사회적 함의를 위한 관념적이고 역설적 의식을 잘 드러냈다. 자식을 가슴에 묻어둔 무연자 혹은 모성애만이 드러낼 수 있는 통점은 조건 없는 사랑을 베푼다는 말과 일치 한다.

며칠 전 이후로
입에서 고무냄새가 난다
울혈 때문일까
체증에 두드리다 힘에 부쳐
떨어뜨리는 손이 울고

찌르듯 시린 두 눈은
별빛을 밟으며
새벽으로 들어간다

문 밖 멀리

더 내어줄 것 없는 이의
재투성이 고백
"미안하다"

— 「뒤척이는 새벽, 미안한 가슴앓이」 전문

가족관계에서 집착은 자애심의 발로이기도 하다. 이는 비루한 마음의 소진된 기억을 버려야 한다. 그 생각의 뿌리를 제거할 때 비로소 얻을 수 있는 이타심에서 출발한다.

자기에 대한 연민이나 타인에 대한 사랑 그리고 스스

로 자신을 제어한 약속이 지닌 생각을 버릴 때도 가능할
것 같다. 작품에서 드러나는 시적 화자의 서정은 스스로
연민에 천착되어 있는 상황이기도 하다.

사회의 빈곤층을 향한 불쌍한 타인을 도와주는 중에
자신의 자기 비하로 인하여 괴로움 속에 있거나 결국 이
러한 것들을 버릴 때 비로소 화해할 수 있고 용서를 빌 수
있는 것이다. 그런 점에서 시인은 이미 화해하고 있다.

길을 모아 차오르면
어느 날에는
물길이 열린다

어느 날이건,
꽃처럼 웃는데 벙글거리고 섰는데
눈은 길을 열고 물안개를 맞는다

삽시도처럼 흩어졌다
먹빛 밤이,
웃는다

그러면 그가 온다
—「구름이 삼킨 달을 찾다가」 전문

시를 창작하는 시인에게는 방일하지 않는 마음을 무기 삼아 뽑기 어려워도 선근을 뽑는다. 그런 점에서 장애인 문화 운동은 선근 공덕이 아닐까 싶다. 결국 삶의 궤적을 수행으로 볼 때 자기 몸을 정화할 수 있을 것이다.

특히 자신의 몸에 관하여 장애인 문화 운동 자체가 생 사의 그릇으로 인지한 박지영 시인은 이미 중도의 삶을 알게 되었는지도 모른다. 스스로 보시할 줄 알고 자연에 잇대어 자신을 높이거나 귀히 여기는 마음도 짓지 않고 남을 탓하는 마음도 짓지 않고 생사를 좋아하는 마음도 짓지 않고 항상 시(詩)에 마음을 구하니 이는 자기의 몸 을 청정하게 구하는 근거라 할 수 있겠다.

언제든지 떠오르면 연락이 되는 사람이었다
한쪽 귀를 막고 고개를 숙이며
입술이 먼저 웃던 반가운 목소리
붉은 태양에 심장이 젖고
눈빛 말개지던 그때
바라보는 순간
눈앞의 먼지도 성가시던 날들
분명히 있었다

아까워서

아까워서

누가 보는 것도 듣는 것도 싫어

온몸으로 부둥켜안으면서도

외로 버려질까 두려워

이불을 물고 끅끅거렸다

싫겠지만

깊어갈수록 놓아야 할 것이 더 많아

그래야 예전처럼 안을 수 있다니까

낡은 한숨 감추느라

통증이 자라는 것도 몰랐다

—「사랑의 裡面(이면)」 전문

　무릇 일체의 인연(因緣)은 분명하게 보면 '앎'이라 할 수 있다. 박지영 시집 『홀』은 인연화합으로서 생긴 것들이다. 이는 세제(世諦)로 열반경에서는 이러한 세제를 보지 않고 실상을 아는 것을 말하지만 시(詩)의 구체적 서사에서 형상과 빛의 모양과 그 소멸에서 보일 수 없다는 것이다. 박지영 시인은 그 인연에서 분명히 안다는 사실이다. 그것이 '사랑의 이면'을 깨우쳤다 하겠다.

　깊은 허기로 뒤척이는 새벽

　물을 끓이고 다시 컴을 켠다

비가 그치면 추워지겠지

저절로 몸이 떨려와

어깨를 부비고 가슴을 두드리다

지나간 하루가 새삼스러워

그냥 숨결처럼

흘러나오는 눈물을

막지 못했다

—「소묘」 전문

박지영 시인의 抒情(서정)을 살펴보면 독특한 점을 발견하게 된다. 결국 업장이 애착과 천륜의 운동성에서 드러난다. 잇거나 끊거나 혹은 멀리하지 않고 수용한다는 점이다. 다시 말해 시에 대한 지고지순함이 문장을 아름답게 꾸미거나 화려한 표현을 통해서 그 뜻을 취하지는 않는다.

결국 이 말은 곧 요즘 시인들의 행태처럼 인위적인 문풍이 없고 사회구성원으로서 따뜻한 인식론의 소유자라는 것을 작품을 통해 살펴볼 수 있다는 것이다. 이는 사람이 그리운 세상에 가장 바람직한 시인의 모습을 가지려고 하는 장점이 작품 속 곳곳에 드러내고 있다.

3. 사람에게 참된 평화는 삶의 충만한 실현과 완성에 이르는 길

　박지영 시인의 시는 내면의 평화로움과 장애인 문화운동에 관한 다양한 사유와 사상체계가 느껴지기도 한다. 장애인에 대한 사회적 폭력 그리고 구조적 실체와 제도적 현실에 대한 그 파경에 이르기까지 생태적 인권운동의 운동성을 보여주기도 한다.

　이는 자유로운 시 정신에 의해 비롯되어 보인다. 시인은 시(詩)를 통해 스스로 고통을 사랑하게 되었고 인연의 업장을 내려놓을 수 있었음을 확인할 수 있었다. 가장 악의적이고 현상적인 욕심을 내는 세상사와는 달리 산 자와 죽은 자를 잇는 현상적 사랑을 버리고 자애심으로 점철된 떠나간 이들을 사랑하고 살아남은 자들의 안락을 구하는 발원을 스스로의 창작활동인 시를 통해 구애함은 육 보시의 한 모습의 발현에 가깝다고 하겠다.

　바람만 닿아도 등이 아픈 날이 있다

　'언제 와요' 라는 아이의 목소리
　빗속에
　파르르 떠는 늦된 나비 같아
　허벅지에 힘을 다해

새벽을 밟던
길,

심장이 아리다

되돌아
신호대기 중

—「모성애」 전문

　조건 없는 사랑은 풀섶처럼 이슬비에도 몸을 일으킨다. 남은 가족을 지켜야 하는 어머니의 존재는 노동에 지쳐 등에 바람의 입김만 닿아도 아프다.

　'언제 와요'라는 조심스러운 아이 소리에 빗속에 늦된 나비처럼 바람을 이기지 못하고 현실에 좌절하면서도 일상의 흐트러진 감정을 곧추세운다. 아이를 향해 종종걸음 치는 일상의 아픈 심장에 김이 모락모락 나는 시인의 모성애를 작품을 통해서 만나게 된다.

　가난은 나라님도 못 구한다는데 서로의 결속된 결계가 너무 깊고 슬픈 오늘이 감사하다는 시적 화자야말로 위드 코로나 시대에 작은 희망이 되고 있음이다.

휠체어를 탄 들꽃을 보았다

스물두 살, 두 바퀴에 자신을 실어

내어딛는 것이 봄

햇살 같다

기도처럼 접힌 작품들이

흰 벽에 선연한데

들어서는 아빠와 친구들을 향해

팔을 활짝 껴안듯 펼치는 것이

가족이 희망이었나 봅니다

— 「종이접기」 전문

　고통을 통해 수행되어진 박지영 시인에게는 타인과는 다른 기운이 생기고는 한다. 이는 목적이 이끄는 삶이어야 가능한 것으로 작품마다 타인의 통점과 이어져 있다는 사실이다.

　일상에서 만나는 살아있으면 아마도 또래인 딸을 닮은 이들을 향한 시적 화자의 눈길이다. 미혹되지 않으나 그 몸을 마음대로 잡을 수 없으니 흐르는 서정과 이성 사이에서 시인은 얼마나 아프게 웃었을까.

소천한 딸과 겹쳐서 떠올린 순간마다 비 온 뒤 맑게 웃는 들꽃처럼 넌출거리는 심장의 통증을 느끼며 써 내려간 그 웃음 뒤에 살아남은 자들의 온기와 희망을 보아야 하는 형벌 같은 하루가 얼마나 아팠을까?

아침에 버스를 기다리다 미친년처럼 웃고서
불현듯 달려오는 버스를 놓치기로 결정했습니다

왜냐고요?

얼마 남지 않은 잔금을 털어 생전에 친정어머니가
좋아하시던 생도넛을 사서
하루 종일 오물거리고 싶어졌거든요

— 「사모곡」 전문

누구나 그 생각한 바를 알 수 없다. 시인과 시적 화자의 관계가 그럴 수도 있겠다. 출근길에 불현듯 떠오른 어머니를 추억하며 현실을 놓쳐버린 화자의 모습은 이미 딸과 모친을 오가는 깊은 신산이 시를 통해 직설적으로 발화되고 있다.

결국 시적 성장도 있지만, 모성애가 곧 세상의 근기임을 부정할 수 없는 인류사적인 인식을 도출해 낸다. 이는

부모나 자식의 사후에 얻지 못한 것을 지금 얻는다는 말
과 일맥상통하겠다.

　　　마당 쓸던 동자승
　　　큰스님 보더니

　　　쪽지 하나를 건네고는
　　　줄행랑,

　　　글이 들리는 날
　　　'봐주세요'

　　　중언부언하는 선량함이
　　　'이유 있어' 보여,

　　　침묵과 경계 중에
　　　오해로
　　　깨우지 않기를
　　　합장

　　　　　　　　　　　　　　　—「하안거」 전문

　현실과 관념이 경험되어진 과거의 인연으로 인하여 번
뇌와 망상을 만나도 가슴에 묻은 모성애는 경쾌한 시 한

편을 통해 슬픔을 건너�뛴다. 이는 엄동설한에 철없이 핀 매화 한 첨일 수 있겠다. 내어놓은 마음과 숨은 마음 사이에 성찰과 깨달음의 찰나가 있는 것과 같다. 중언부언하는 것보다 묵언에 이르는 것에 가까운 시인의 서사가 웃음을 짓게 한다. 이는 시의 불가사의함일 수도 있겠다.

살포시 웃습니다 잔액 21,800원에
우리집 곰 같은 큰딸이
고기를 원하고 있습니다.

계란과 두부, 매운 라면 한 봉지
할인 중인 휴지 묶음
일단 카트에 담고서, 딸의
얼굴을 쳐다봅니다.

식빵도 들었다 놓고 말았습니다.
먹먹함이 짙어지면 가슴이
딱딱한 멍울져 숨길을 막지만
다행입니다.

마술처럼 마늘과 양파가 고기를 설득해
한주의 근력을 감사하게 지켜줄 것이라
믿습니다. 아직 잔액?

'넉넉합니다.'

—「체크카드」전문

물질은 번뇌와 망상의 요인이 되는 것은 사실이다. 이
는 스스로 박지영 시인이 시농사(詩農事)를 통해서 극복
했음을 보여주고 있다. 보고 듣고 의식하는 대상에 탐내
거나 화를 내어 어리석게 집착하는 그 자체가 마음이 자
재하지 못하고 있는 그 순간 몸의 중심을 잃는다. 하지만
박지영 시인은 여유가 있게 '넉넉합니다'라고 일갈하고
있다.

4. 장애인문화 운동에 대한 지체와 생명을 지탱해 주는 간절 한 발원

박지영 시집 『홀(a sceptre)』에서 '홀'은 지체(肢體)나 생
명을 지탱해 주는(a staff: figuratively a support of life) 뜻이
간절함으로 깃들어 있다. 시적 화자의 움직임은 마음이
이를 제지하지 못하고 따라 움직인다. 그 크기는 어린아
이나 어른과는 상관이 없다. 또 남녀노소도 구분하지 않
는다. 즉 시라는 것은 시인에게 있어 서정성으로 물경이
가고 오고 앉고 누울 때나 자신을 내어놓아 일체를 이루
어 정진해야만 정진이 되는 것이다. 그뿐만 아니라 서정

성이 그려내는 회화적 요소와 음악의 선율도 또한 깊이 개입하지 않으면 안 된다. 시정화의가 동원이니까.

그런 면에서 박지영 시인의 시집『홀(a sceptre)』을 통해 인연으로 인하여 근심하면 몸이 여위고 기뻐하면 허기가 커지는 것임을 알 수 있다.

오늘이 두려우면 몸이 떨리고 진심으로 자신의 중심을 잡으면 독자 제현으로 하여금 몸과 마음이 평안해지고 비로소 눈물이 나오는 모습을 볼 수 있을 것이다. 이는 열반경에서 말하는 이르지 못하는 곳에 이르고 몸을 변화함에도 이승이 들어가지 못하는 곳에도 '자재한다'라는 것이다.

박지영 시인의 시집『홀』이 보여준 마음에 제도함에 따라 겸손하게 넓고 큰 시농사(詩農事)를 짓는 시작임을 알겠다. 부디 방일하지 않는 마음으로 더 큰 내일의 시농사를 짓기를 바란다.

홀

증보판 1쇄 | 2021년 11월 30일

지은이 | 박지영
펴낸이 | 정화숙
펴낸곳 | 개미

출판등록 | 제313 - 2001 - 61호 1992. 2. 18
주소 | (04175) 서울시 마포구 마포대로 12, B-103호(마포동, 한신빌딩)
전화 | (02)704 - 2546
팩스 | (02)714 - 2365
E-mail | lily12140@hanmail.net

ⓒ 박지영, 2016
ISBN. 978 - 89 - 94459 - 67 - 7 03810

값 10,000원